Mi abuela

Miguel Ángel Mendo

Ilustración
Juan Ramón Alonso

Taller de lectura
Carlos Álvarez

© Miguel Ángel Mendo Valiente.
© Grupo Editorial Bruño, S. L., 2002.
  Juan Ignacio Luca de Tena, 15. 28027 Madrid.

Dirección editorial
Trini Marull

Edición
Cristina González
Begoña Lozano

Preimpresión
Francisco González

Diseño
Inventa Comunicación

Primera edición: abril 2002
Séptima edición: diciembre 2007

ISBN: 978-84-216-9255-4
D. legal: M. 74–2008
Impresión: Edigrafos, S. A.

Printed in Spain

El autor

- Nací en Madrid, en el año 1949.

- Estudié Filosofía y Letras, en la especialidad de Psicología.

- He sido un poco de todo, desde profesor de cine hasta fotógrafo, guionista de televisión y periodista.

- He recibido varios premios de literatura infantil: el Altea en 1987, el Lazarillo en 1989 y el accésit al Lazarillo en el 2000 por este libro.
  También he publicado *Vacaciones en la cocina* en la colección Altamar.

- Toco el saxo tenor, y me gusta improvisar música cuando me reúno con mis amigos.

altamar

Bastante a menudo se ven unos pajarracos medio
grandes y con una cola muy vistosa en las cunetas
de las carreteras que, al pasar con el coche,
echan a volar. Seguro que los has visto tú también.
Yo siempre los había llamado, con una lógica
aplastante (y muy poca imaginación),
«pájaros de carretera».
Pues bien: ya no los llamo así.
Me enteré de que se llaman urracas.
Y fue precisamente por ponerme a escribir este libro.
Casi nada. Las famosas urracas.
Estudié libros de pájaros, hablé con expertos, busqué
documentación en Internet... y aprendí cantidad de
cosas de lo más curiosas acerca del bicho en cuestión.
Ahora soy un fan de las urracas.
Y me encanta que una de ellas sea
el personaje principal de este cuento.

MA. MENDO

Dedicado con cariño a Brigitte,
que va para bruja buena.

1

Vivir con una bruja

CUANDO yo era pequeña vivía en casa de una bruja muy fea y muy vieja. Yo era su ayudante, y también su aprendiza.

Terrible, ¿no?

La verdad es que no sabía cómo había llegado allí. Siempre había pensado que seguramente me habría quedado huérfana de padre y madre, y Cúrcuma, que así se llamaba la bruja, era el único pariente que me quedaba. Pero nunca estuve segura, porque de eso la bruja jamás quería hablar.

Era un misterio para mí. Solo sabía que yo dependía de ella para vivir, y que era lo único que tenía en el mundo.

Y la verdad es que no me trataba muy bien. Siempre estaba de mal humor y me mandaba hacer todas las tareas de la casa.

—¡Adela, haz esto! ¡Adela, haz lo otro! ¡Esto está sucísimo, Adela! ¡Qué hacen aquí estas malolientes zapatillas de deporte, Adela!

La casa no es que fuera muy grande. Estaba a las afueras del pueblo, con un pequeño jardín lleno de zarzas y de enredaderas, muy descuidado, y con un pozo.

Tenía dos pisos, bastante oscuros. En el de abajo dormía yo, en un cuarto pequeñito pero con una ventana al jardín (aunque a nadie se le ocurriría llamar «jardín» a aquello). También estaba la cocina, grande, con un fogón de esos antiguos, de carbón, y una nevera que parecía de las primeras que se habían inventado. Por el ruido que hacía, parecía una locomotora. Por unas escaleras tortuosas se bajaba al sótano, con un ventanuco en lo alto de una pared.

En el piso de arriba dormía ella, y tenía su estudio de bruja, o laboratorio, o como queráis llamarlo, junto a su cuarto. Era enorme y estaba repleto de librotes viejos, de frascos de potingues y de vasijas y redomas para hacer sus conjuros.

Tenía un gato negro siempre dormitando entre los tarros de hierbas y los polvorientos librotes. Y una corneja amaestrada.

Esto era lo peor. La corneja. Porque me odiaba. Llevaba bastantes años en la casa y me tenía envidia. No sé por qué, la verdad, porque yo pensaba que la bruja la trataba siempre mucho mejor que a mí. A veces pasaba a su lado y me graznaba con muy malas intenciones. Yo le tenía miedo.

Una noche me desperté con una extraña sensación y, en la oscuridad de mi habitación, descubrí que había unos brillantes ojos que me miraban.

Asustada, encendí la lámpara y vi que era ella, la corneja, que, posada sobre el respaldo de la silla, me observaba. Le tiré la almohada y echó a volar por la ventana graznando con una malévola carcajada.

En casa no había tele, aunque tampoco me importaba demasiado, porque no hubiese tenido mucho tiempo para verla.

La bruja tampoco quería que tuviese libros, decía que me distraían, y no me dejaba ir al colegio porque le había dicho al director que solo me tenía a mí, y que tenía que cuidarla pues ella era ya muy viejecita y no podía con su alma. (¡Mentira, que no paraba un momento quieta y se iba al bosque cada tres días, a buscar sus hierbas, como si nada!)

Además, no sé por qué, pero todo el mundo en el pueblo le tenía cierto respeto, por no decir miedo, y el director del colegio, don Antón, que era un tipo delgaducho y desgarbado, con un bigotito ridículo, la temía más que a ninguna otra persona. Así que nadie se atrevía a decirle nada.

Yo tenía que ser su sucesora, es decir, de mayor ser bruja. Y tan buena bruja como ella. Por eso no quería que me distrajese con nada.

Sin embargo, no me permitía estar a su lado cuando hacía sus conjuros ni cuando fabricaba sus potingues, ni me dejaba tampoco mirar sus viejos librotes.

Tampoco quería que estuviese presente cuando venían sus «clientes» a pedirle que echara el mal de ojo a alguna vecina o que hiciese que le doliese la tripa a su jefe, o cosas así. Decía que tenía que esperar a que fuese mayor.

Así que yo solo me ocupaba de limpiar todo lo que ella ensuciaba, de ir a hacer recados al supermercado del pueblo y de conseguir cualquier cosa que me pidiese, como uñas de murciélago, briznas de nido de golondrina, fresas silvestres o colas de lagartija.

Yo para eso era muy buena y me encantaba andar por el campo haciendo sus encargos. Por eso pasaba mucho tiempo disfrutando de la naturaleza y sabía reconocer muchos animales y plantas.

De todas formas, más me valía hacerlo bien, porque, si no conseguía algo de lo que me había pedido, me tiraba del pelo y me castigaba sin salir de mi habitación en todo el día, y además sin probar bocado.

A mí, la verdad, no me gustaba nada su profesión.

Había gentes de todos los pueblos de la comarca que acudían a verla porque querían vengarse de otras personas, y ella, por un dinero que les cobraba, les ayudaba a hacerlo con sus malas artes. Y aunque sus clientes –a los que yo odiaba– casi siempre quedaban satisfechos, no tenía demasiados, la verdad.

Por eso, seguramente, vivíamos con tantas estrecheces.

2

Enemigas a muerte

UN día se me empezaron a complicar las cosas, si es que no las tenía ya suficientemente complicadas. Y todo empezó por un simple terrón de azúcar.

Resulta que, aquella mañana, para desayunar, yo me eché en el tazón de leche de cabra con pan migado que tomaba todos los días, el último terrón de azúcar que quedaba, y eso, al parecer, le sentó muy mal a la corneja. Ese día ella se quedó sin la golosina que la bruja siempre le daba al empezar a trabajar, y aquello no me lo perdonó el maldito pajarraco.

Así que, esa misma mañana, estaba yo en el sótano partiendo astillas para encender el fogón de la cocina cuando, de pronto, oí una voz cascada, horrible, que me decía:

—¡Arggg! ¡Maldita! ¡Maldita! ¡Arggg!

Y una cosa negra se me echó encima. ¡Era la corneja! Se lanzó directamente hacia mi cara, pero yo la esquivé de un salto. Gracias a eso tuve tiempo de agacharme y de cubrirme los ojos con las manos. Pero se me posó en la cabeza y empezó a arañarme con sus garras y a picarme con tanta fuerza que creí que iba a acabar conmigo. Me revolví como pude y, gritando de rabia, agarré el hacha con una mano y la agité por encima de mi cabeza, intentando espantarla.

Tuve suerte, pues uno de los golpes que lancé a la buena de Dios la alcanzó de lleno, no sé cómo, y la lanzó contra la pared.

La corneja, herida y derrotada, salió volando torpemente por la puerta, maldiciéndome.

—¡Arggg! ¡Me las pagarás! ¡Me las pagarás!

Me quedé temblando mientras del pelo me caían gotas de sangre que se mezclaban en la cara con mis lágrimas. Luego me fui tranquilizando poco a poco. El golpe que le había dado seguramente le había servido de lección. «Esa malvada corneja ya no volverá a atacarme», pensé. Después me lavé en el pozo para que la bruja no me viera las heridas.

Pero no había hecho más que prender el fuego y empezado a pelar patatas cuando oí la voz de la bruja, rabiosa, que gritaba desde su laboratorio:

—*¡Ouroboros!* ¿Dónde estás, maldita corneja? ¡Vamos, que tenemos trabajo! ¡No me hagas perder la paciencia! *¡Ouroboros!*

Yo seguí pelando patatas como si nada. Pero sabía que las cosas no se iban a quedar ahí. Unos minutos después aparecía ella en la cocina, nerviosa, golpeando con su bastón por todas partes.

—¿Dónde se ha metido *Ouroboros?* En los siete años que lleva conmigo nunca me ha fallado. Algo le ha tenido que pasar. ¡Adela, ven aquí!

—Sí, abuela –así la llamaba yo siempre, para estar a bien con ella–. Mande usted.

—¿No habrás visto tú a la corneja? ¡Y no me mientas!

Las piernas me temblaban.

—No, abuela. No la he visto.

La bruja se quedó mirándome fijamente y, luego, sin decir nada, subió las escaleras bufando. No sabía si había conseguido engañarla.

Durante los siguientes tres días la vieja no dejó de refunfuñar y de maldecir, con un genio de mil demonios. Pero yo estaba encantada de que *Ouroboros* no hubiera regresado en todo ese tiempo. Me convencí yo también de que, con la lección que le había dado, ya no volvería.

Al tercer día, la bruja me llamó a su laboratorio y me dijo:

—¡Maldita sea! ¡Hay que sustituir a *Ouroboros!* ¡No puedo esperar más! ¡Tengo mucho trabajo atrasado y los clientes están empezando a impacientarse!

—Pero, abuela, ¿tan importante *era* esa corneja?

—¡Claro que sí, niña tonta! ¡Era fundamental! ¡Las cornejas tienen una sabiduría ancestral, que es indispensable para hacer los sortilegios! ¿No lo has visto ni siquiera en los cuentos de hadas? ¡Ni que fueras boba! ¡Me parece a mí que tú de bruja no tienes nada! ¡No sé por qué pierdo el tiempo contigo!

Pero yo quería saber más, aunque me daba cuenta de que, con las malas pulgas que tenía la vieja en esos momentos, tendría que arriesgarme a soportar un chaparrón si preguntaba más cosas.

—¿Y por qué son tan importantes, abuela? ¿Qué hacen?

—¡Maldita sea! ¿Será posible que me haya tocado a mí criar a una niña tan torpe? ¡Las cornejas son las que conocen las palabras mágicas de los encantamientos! ¡Los brujos les han enseñado desde hace siglos y siglos a invocar el mal! ¿Entiendes? ¡Sin ella no puedo hacer nada!

Luego se quedó pensando un buen rato. Y añadió:

—Lo malo es que hay que amaestrarlas desde que son jovencitas... ¡Así que, hala, vete inmediatamente a buscarme una corneja y no regreses hasta que la hayas cazado! ¡Y que sea joven!

3

Siete urracas volando

SALÍ al campo, encantada con aquel encargo. Buscaría otra corneja y a lo mejor esta ya no tendría que estar enfadada conmigo, porque yo ayudaría a la vieja a amaestrarla. Y trataría de que fuese amiga mía.

Caminé mucho rato y vi algunas cornejas. El problema era que cuando encontraba una bandada posada en algún árbol, por muy sigilosamente que me acercase para intentar cazar alguna con la red que llevaba en la mano, de pronto se oía un graznido seco y cascado:

—¡Guaaj, guaaaaaj...!

Y la bandada echaba a volar, sin que quedara ni una.

Era un graznido de corneja el que las alertaba, y más exactamente el de la maldita *Ouroboros;* podía reconocer su horrible canto.

Así, varias veces.

Desanimada, me adentré en el bosque. Tenía hambre, pues ya había pasado el mediodía y no había probado bocado, así que, como no podía regresar a casa sin haber hecho el encargo, me dediqué a buscar moras. Encontré unas zarzas llenas y me puse morada, nunca mejor dicho.

Luego, en un claro del bosque que ya conocía, mi preferido, me senté a descansar un rato. Y estaba tan agotada que me quedé dormida al sol.

Cuando me desperté ya era tarde. El sol se había ocultado detrás de los árboles y sentí frío.

Me asusté. ¿Qué podía hacer? ¿Tendría que pasar la noche allí? Me sentía muy sola y desamparada, y me puse a llorar de miedo y de pena.

En ese momento pasaron volando por encima de mi cabeza siete urracas. Me dio un vuelco el corazón, porque nunca había visto siete volando juntas. Me enjugué las lágrimas y corrí tras ellas. ¿Era un buen o un mal presagio? Mientras corría, recordé la canción de las urracas.

Una, desgracia.
Dos, buen augurio.
Tres, una boda.
Cuatro, un bautizo.
Cinco, riquezas.
Seis, infortunio.
Siete, una bruja.
Más no te digo.

Siete, una bruja. Ahí estaba la clave. Pero ¿qué significaba? ¿Que YO era una bruja? Eso era terrible. Yo, desde luego, no pensaba seguir los pasos de la vieja Cúrcuma. Eso era algo que ya había decidido desde que tengo memoria. ¿O acaso significaba aquello que, por más que yo hiciese, por más que intentase escapar de su influencia, no podría evitarlo y acabaría siendo una bruja mala y fea como ella? ¿Era ese mi destino?

Las urracas se perdieron en el horizonte porque tuve que detenerme al borde de la autopista. Los coches pasaban a toda velocidad delante de mí. Y al verlos, deseé con todas mis fuerzas que alguno de ellos se parara y me llevara lejos, muy lejos. Donde fuera. Me sentía perdida, desanimada y sin fuerzas.

Entonces escuché el canto de un pájaro. Era un «chac-chac-chac» que sonaba angustioso, como si estuviera en peligro y pidiera auxilio. O eso me pareció en aquel momento.

Miré hacia donde provenía el sonido y vi un pájaro grande, que me pareció un milano, planeando por encima de los matorrales en la estrecha franja de separación que hay entre los dos lados de la autopista. Pero no parecía que el «chac-chac-chac» lo hiciese él.

Busqué con la mirada y entonces la vi. Era una urraca que se agitaba inútilmente más abajo, entre las ramas del matorral, como si, por alguna razón, estuviese atrapada y no pudiera escapar. Y el milano estaba a punto de lanzarse sobre ella.

Cogí una piedra, no sé por qué –quizá porque siempre se tiene el instinto de ayudar al que parece más débil–, y me dispuse a cruzar la carretera. Pero era imposible. No dejaban de circular coches, y a tal velocidad que, al pasar a mi lado, el aire que despedían casi me tiraba de espaldas.

El grito de la urraca parecía cada vez más desesperado, y era porque el milano, mucho más grande, sabiendo que su presa no podía escapar, cada vez estaba más cerca de alcanzarla. ¿Es que ni siquiera iba a poder salvar a ese pobre pájaro de su mala suerte?

Yo, en el fondo, me sentía como aquella urraca, que parecía pequeña, casi una cría. Como ella, estaba atrapada, sin poder escapar, a punto de quedar para siempre presa entre las garras de una bruja.

Me lancé a cruzar la autopista casi sin mirar, a la desesperada. Un camión me pasó rozando mientras hacía sonar su estruendosa bocina. Y un coche tuvo que dar un frenazo con un gran chirrido, bambolearse y desviarse peligrosamente para no atropellarme.

Pero siguieron su camino.

Nada más llegar a la mediana de la autopista vi que la urraca tenía enganchada una pata con la cinta de una casete que alguien debía de haber tirado allí desde un coche. Y la cinta, larga, hecha un verdadero lío, estaba a su vez prendida de la rama de un arbusto. Cuanto más se agitaba la urraca, más se enredaba su pata en aquella trampa mortal.

—Tranquila, tranquila –le dije mientras metía la mano entre las ramas, arañándome con ellas, para intentar cogerla.

Pero el milano no parecía haberse asustado con mi presencia y, enfadado, pensando seguramente que yo quería arrebatarle su presa, quiso atacarme a mí. Le lancé la piedra y, aunque no le alcanzó, fue suficiente para demostrarle que no me daba miedo y que no pensaba irme. Se largó.

Entonces, con más tranquilidad, cogí la cinta de casete y empecé a desliarla.

—Ya está casi. ¿Ves? –le dije a la urraca, aunque no pensaba que pudiera entender mis palabras.

Ella parecía más calmada y, cuando se vio liberada, en lugar de irse volando, como yo quería, se posó en mi mano y se quedó mirándome.

Era preciosa: negra, con el pecho y parte de las alas blancos, y la cola también negra, pero con reflejos verdosos, tan larga como el resto de su cuerpo.

La lancé al cielo, por si tenía dificultad para echar a volar por sí misma y para que no la atropellase ninguno de los coches que seguían pasando a nuestro lado, casi rozándonos, pero la urraca aleteó en el aire y volvió enseguida a posarse en mi mano.

En principio me quedé muy sorprendida. ¿Quería estar conmigo? Qué raro...

4

Un plan desesperado

PUEDE que me quieras ayudar, y te doy las gracias –le dije a la urraca–, pero, desgraciadamente, tú no puedes hacer nada. Tengo que cazar una corneja joven para Cúrcuma, una bruja. Y no puedo encontrarla.

—Bruja. Siete, bruja –graznó ella con un tono agudo y rasposo.

¿Cómo? ¡Hablaba! ¿Estaría ya amaestrada? Qué extraño... No, seguramente solo repetía las palabras que oía. Lo cierto era que yo había oído decir que las urracas eran unos pájaros listísimos, que imitaban el sonido de muchas otras aves y que sabían decir palabras.

Tras la primera sorpresa, me quedé pensando en lo que había dicho. «Siete, bruja». ¿Qué significaría eso?

—Ah, qué lista eres –comprendí. A lo mejor la urraca sabía más de lo que yo había pensado–. También tú has visto pasar volando a siete compañeras tuyas justo antes de que apareciera yo, ¿verdad? Pero, un momento... –protesté–, eso no significa que yo sea una bruja, ¿eh? –añadí medio en broma.

—¡Chac-chac! –chilló ella.

Caramba. Me contestaba.

No sé por qué, ni cómo, pero parecía que la urraca me entendía perfectamente, y yo a ella. ¡Era fantástico!

A pesar de que estaba encantada, mis preocupaciones volvieron enseguida.

Me daba cuenta de que tenía en mis manos una urraca estupenda, pero lo que yo necesitaba era una corneja, y ya apenas tenía tiempo de conseguir una. Además, tampoco podía llevarme la urraca a casa, por muy amigas que nos hubiésemos hecho. La bruja no me dejaría.

«Un momento», pensé de repente. «¿No habrá alguna manera de conseguir que esta urraca parezca una corneja? La vieja no tiene muy buena vista y...».

—¿Podrías pasar tú por una corneja? –le pregunté, como si estuviera hablando conmigo misma, aunque sabía que era una tontería.

—Corneja. Corneja –me contestó.

Qué boba soy. Por un momento creí que me estaba contestando que sí. Simplemente había repetido una palabra que había dicho yo. Sin embargo, continué hablándole. Eso me ayudaba a pensar.

—Pero no puede ser, porque tú, como todas las urracas, tienes la mitad del cuerpo blanco, y las cornejas son negras de arriba abajo, como el carbón.

—Carbón. Car-bón –repitió ella.

—Sí, como el carbón.

—Carbón –volvió a decir.

Me quedé mirándola.

—¿Me estás queriendo decir algo?

—Chac-chac-chac –contestó.

—Carbón, carbón... Vamos a ver... ¡Claro! ¡Eso es! ¡Puedo pintarte las plumas blancas con carbón para que quedes toda de negro!

La urraca revoloteó en mi mano.

—Sí, pero tu cola es muchísimo más larga que la de las cornejas...

Por mi mente pasó una idea que enseguida rechacé. Pero era como si ella entendiese mis pensamientos, porque se puso a brincar y a aletear en mi mano.

—Bueno, por un momento había pensado en cortarte la cola con unas tijeras, pero...

—Tijeras. Tijeras –decía ella, sin dejar de agitarse. Era como si me estuviese diciendo que sí, que sí, que sí...

—¿Y no te dolerá?

La urraca comenzó a picotearse un ala, como si se estuviese limpiando las plumas. No parecía en absoluto preocupada, en todo caso.

—Bueno, podría ser... Pero hay otro problema: que las cornejas son un poco más grandes que tú. Aunque... pensándolo bien, puedo decirle a la bruja que tú eres así, un poco más canija, y que yo no puedo hacer nada.

Suspiré. Era todo demasiado complicado. La urraca continuaba posada en mi mano, atareada en su propia limpieza corporal, como si la cosa no fuera con ella.

Entonces me surgió el problema más gordo. Y para este sí que no encontraba solución.

—Pero lo peor de todo es que... –suspiré– la bruja dice que las cornejas conocen las palabras mágicas de los hechizos.

La urraca dejó de rascarse y volvió a mirarme. De verdad, parecía que entendía todo lo que le estaba diciendo.

—Eso es lo más importante –insistí–. Cúrcuma dice que las cornejas saben invocar el mal. Y si tú no sabes, se va a dar cuenta enseguida.

—Vademécum –graznó entonces la urraca con absoluta claridad.

Yo no tenía ni idea de lo que significaba eso, pero me sonaba a una palabra mágica.

—Hipermetropía –volvió a decir–. Eureka. Abracadabra...

Su voz metálica y gritona no paraba de soltar extrañas palabras que sonaban a conjuros, a maleficios.

Me quedé absolutamente impresionada.

¿Cómo era posible que un pájaro supiese decir todo aquello?

«Ya lo sé», me dije. «Esta urraca ha sido enseñada. Puede que haya vivido antes con un científico, o con un profesor de idiomas, o qué sé yo...».

—Basta, basta... –dije, mareada de oír tantas palabras raras–. Está claro que eres muy lista y que quieres ayudarme. Pero..., mira, urraca...: es que es muy peligroso, ¿sabes? La bruja Cúrcuma es un ser terrible. Cuando descubra que la hemos engañado no sé lo que puede hacernos. Porque lo que es seguro es que, al final, nos descubrirá.

Me daba cuenta de que ya había dado por hecho que iba a disfrazar a la urraca de corneja, y empezaba a estar asustada de las consecuencias.

Pero estaba oscureciendo y, la verdad, no se me ocurría nada mejor. No estaba dispuesta a pasar la noche fuera de casa, pasando frío y miedo.

De pronto me percaté de que llevaba un buen rato allí, al borde de la autopista, y de que aquel no era el mejor sitio para seguir charlando.

Tenía el pelo completamente revuelto del aire que despedían los automóviles, que pasaban casi rozándome.

Así que cruzamos la carretera de nuevo, esta vez sin tanto peligro.

Mientras caminaba de vuelta a casa con la urraca en la mano, no hacía más que darle vueltas a la cabeza a la misma idea.

¿Me atrevería a hacerle una trampa como aquella a la temible Cúrcuma?

—De acuerdo –le dije a la urraca cuando ya íbamos cruzando el bosque, después de habérmelo pensado un rato–. No tengo más remedio que intentarlo.

Ella no dijo ni pío.

Debía de haberse quedado frita.

El disfraz

TRAS un buen rato de caminar, llegamos junto a la casa ya de noche cerrada. Arriba, en el piso alto, la ventana del estudio de Cúrcuma estaba iluminada.

Entonces, con la urraca posada en mi hombro, medio dormida, me fui por el jardín directamente al sótano. Allí había carbón para la cocina. Cogí un trozo, lo mojé con agua y me puse a tiznar todas sus plumas blancas.

La urraca, medio entre sueños, parecía reírse como si le estuviera haciendo cosquillas, pero se dejó hacer y quedó bastante bien, toda de negro.

Luego fui a buscar unas tijeras a la cocina y volví al sótano. ¿Le haría daño si le cortaba las plumas de la cola?

—¿Te dolerá? –le pregunté mientras le enseña-
ba las tijeras.

Ella no contestó. Estaba completamente dormida.

Total que, ya hecha a la idea (no había marcha
atrás), me puse a calcular y llegué a la conclu-
sión de que tenía que cortarle casi toda la cola
y dejarle solo un poquito. Qué se le iba a hacer.

Agarré las tijeras y, armándome de valor, ¡ZAS!

—¡Chííííac...! –graznó la urraca.

—¿Te he hecho daño?

Ella solo movió la cabeza a un lado y a otro,
parpadeando, como si se hubiera llevado un
buen susto, pero no hizo nada más. Me pareció que volvía a quedarse dormida.

¡Ufff, menos mal!

—¿Quién anda ahí? –aulló de repente la vieja,
asomándose a su ventanuco–. ¿Quién quiere
que le convierta en un sapo o en una boñiga de
vaca?

—No es nadie, abuela. Soy yo, que he vuelto.

—¿Adela? Pues si no vienes con la corneja, ya te puedes dar media vuelta. Tendrás que seguir buscándola.

—No, abuela, ya la he traído. La tengo aquí. Es un poco pequeña, pero yo creo que servirá –intenté que no me temblase la voz.

—¿Estás segura? Supongo que no te habrás confundido como una niña estúpida. Porque a mí me ha parecido oír el graznido de una urraca.

Me dio un vuelco el corazón y me puse a tiritar de miedo. Estaba a punto de echarme a llorar. ¡Qué bruja era la bruja Cúrcuma! Ya sabía yo que no iba a poder engañarla. ¿Y ahora? ¿Qué podía hacer ahora? Nada. Todo estaba irremisiblemente perdido.

—Bueno, ¿qué dices? –insistió–. ¿Estás sorda o qué? ¿No sabes si es una corneja o una urraca? No me extrañaría nada, porque eres tan boba... Anda, súbemela, que la vea. Como sea una urraca, ya te puedes ir preparando, por tonta.

El mundo se me vino abajo. Me quedé paralizada. No sabía ni qué decir ni qué hacer, de lo asustada que estaba. Desde luego, no podía llevársela para que la viera, porque se daría cuenta de que había tratado de engañarla, y entonces... No me podía imaginar siquiera lo que sería capaz de hacerme.

—Bueno, ¿a qué esperas? ¿Subes, o tengo yo que bajar a buscarte?

—A... Abuela... –empecé a decir, y tartamudeaba de miedo–. Verá, es que... No sé cómo decírselo... Es que...

En ese instante, la urraca lanzó un «¡guaaj!» bien fuerte. Era un graznido de corneja. Pero idéntico. Aún más, ¡era exactamente igual que los que soltaba *Ouroboros* por la casa de vez en cuando!

—¡Ah, pero si es una corneja! ¡Sí señor! –chilló la bruja, encantada–. ¡Estupendo! ¿Qué me ibas a decir, Adela? ¿Qué tripa se te ha roto? ¿Por qué dices que no puedes subírmela?

—No, abuela, decía que... Que... –¿qué decía yo? ¡Tenía que pensar rápido!–. Que... Es que está medio dormida, y me da pena que se despierte del todo. Para ella es tan tarde...

—Bueno, vale, pues métela en la jaula que hay ahí, en el sótano. Mañana mismo le recortaremos un poco las plumas de las alas para que no pueda escapar como la otra y empezaremos a amaestrarla –cedió la bruja, y no sabéis lo que me sorprendió su cambio de opinión. Debía de estar muy contenta de tener otra corneja.

Me fui con mi nueva amiga a la cocina y me puse a bailar de alegría.

La urraca me miraba con los ojos entreabiertos. Se notaba que tenía sueño de verdad.

La llevé de nuevo al sótano, encontré la jaula y la descolgué de la pared. Hacía mucho que no se utilizaba y estaba bastante sucia y oxidada.

—¡Ufff! Es grande, pero está muy sucia –dije, como hablando conmigo misma–. ¿Qué hacemos? Yo creo que lo mejor será que duermas esta noche en mi habitación. Aunque... No, no es buena idea, porque si mañana la vieja se levanta temprano y no te ve en la jaula, va a sospechar aún más.

La urraca estaba en el mejor de los sueños y no se enteraba de nada.

—Bueno, espera un momento –seguí hablando sola–. Ahora mismo te la voy a limpiar.

Aunque estaba muy cansada, cogí un trapo, lo mojé con agua y le quité las telarañas y el óxido a la jaula. Luego abrí la puertecita y puse a la pobre urraca delante. Ella entró con unos pasitos torpes y, de un pequeño salto, se acurrucó sobre una especie de columpio que había en el centro y se quedó otra vez dormida.

Era un encanto, pero no sabía en el lío en que se había metido, y todo por ayudarme. Por lo pronto, al día siguiente la bruja le iba a recortar las alas para que no pudiera escapar. Tal vez no le hiciera daño, pero para un pájaro que ha vivido en libertad debe de ser muy duro no poder echar a volar.

Me fui a la cama con una mezcla de sensaciones.

Por una parte estaba muy contenta, porque las cosas no habían salido tan mal después de todo. Y además, tenía una nueva y buena amiga en la casa.

Pero por otro lado...

6

Más dificultades

A la mañana siguiente me levanté muy pronto. Y sobresaltada. Lo de engañar a la bruja no me había dejado dormir bien. ¿Colaría el cambiazo que queríamos darle?

Bajé corriendo al sótano a ver cómo quedaba a la luz del día el «maquillaje» de carbón que le había puesto a la urraca, pero para mi sorpresa, no estaba en la jaula. Escaparse no podía haberse escapado. Por tanto... ¡La tenía Cúrcuma, que se había levantado antes que yo para verla!

De nuevo me entró un miedo espantoso.

—¡Adela! ¡Adelaaaa...! –oí que me llamaba desde arriba.

No quería contestar. Me hubiese metido en un agujero bien profundo debajo de la tierra para desaparecer unos cuantos años.

—¡Adela! ¿Es que estás sorda o qué? ¡Te he dicho mil veces que me respondas inmediatamente, que si no, me enfado!

La oía cada vez más cerca.

La bruja bajaba a buscarme. ¡Horror!

Desde la escalera del sótano la vi entrar en la cocina.

Llevaba la urraca en la mano, sujetándola bien para que no se escapase.

—Estoy aquí, abuela –dije, dándolo todo por perdido, y casi no me salía la voz de la garganta.

—Te voy a decir una cosa, Adela. La corneja que has traído es majísima. He decidido que se va a llamar *Lisístrata*. No sé por qué me ha salido ese nombre, pero me gusta. ¿Sabes que ya me ha dicho una palabra, y sin que nadie la haya enseñado a hablar?

—¿De verdad? –dije yo haciéndome la tonta, y encantada de ver cómo había reaccionado la vieja, que parecía entusiasmada con el pájaro. Nunca la había visto tan contenta.

—Sí. Fíjate, con lo jovencita que parece, ha dicho: «Cúrcuma». ¿Cómo sabría ella que me llamo así? ¿No es un encanto?

—¡Caray, abuela! –exclamé, exagerando mi sorpresa–. Ya sabía yo que iba a ser muy lista esta urraca... Digo, no... Quiero decir, esta corneja.

Afortunadamente, la bruja no prestó atención.

—Bueno, pues ahora voy a recortarle las alas –continuó–. Dame las tijeras. Están ahí, en ese cajón.

—Abuela... Esto... Había pensado que... Me gustaría aprender a hacerlo yo. Como voy a ser bruja de mayor, creo que ya podría ir empezando a aprender algunas cosas, ¿no cree?

Cúrcuma se quedó mirándome un buen rato sin decir nada.

—Mira, Adela, hoy estoy algo más contenta contigo porque me has obedecido sin rechistar y has hecho bastante rápido el encargo. Pero cortarle las plumas al pájaro es demasiado complicado para una niña tan boba como tú. No quiero que *Lisístrata* se escape o que me la desgracies ahora que la he encontrado. ¡Con lo que la necesito! Tengo el negocio parado por culpa de la maldita *Ouroboros*. ¡Como me entere de lo que ha pasado con ella! –y dio un puñetazo en la mesa de la cocina.

Tragué saliva.

—Bueno, déjeme al menos ver cómo lo hace, abuela.

La bruja se lo pensó, y luego, sin dejar de refunfuñar, dijo:

—Venga, no perdamos más tiempo, que no tengo toda la mañana. Coge las tijeras.

Y, con la urraca siempre bien agarrada, salió al jardín.

—Mira, se coge el ala por aquí, se estira un poco... ¿Lo ves? Hay que cortar esta parte de aquí.

Cúrcuma extendió una de las alas de la urraca con una mano, y con la otra me pidió las tijeras.

Yo estaba muy nerviosa porque veía que se estaba tiznando toda la mano de negro, y empezaba a notarse que el pájaro tenía algunas plumas blancas.

Además, me daba muchísima congoja que le pudiese hacer daño.

—Déjeme a mí, abuela, porfa...

—¿No te he dicho ya que no, estúpida? ¡Dame las tijeras ahora mismo!

Pero entonces la urraca, con una voz un tanto estridente, como si estuviese aprendiendo a hablar, dijo:

—¡Adela! ¡Adeeeela!

Cúrcuma se quedó parada. Estaba impresionada.

Me miró a mí, luego al pájaro, luego otra vez a mí, muy seria, y por fin me entregó la urraca y las tijeras.

—¡Toma, anda! ¡Será mejor no contradecirla! Estos bichos son medio diabólicos.

Seguro que mi sonrisa de satisfacción me ocupaba toda la cara.

—Gracias, abuela.

—¿Te has enterado de lo que hay que hacer?

—Sí, abuela. Perfectamente.

La vieja se largó de allí mascullando cosas in-
comprensibles, y cuando se metió en casa respiré aliviada.

Lo más curioso era que la urraca parecía muy
tranquila. Como si la cosa no fuera con ella.

Lo primero que hice fue guardar de nuevo las
tijeras en su cajón. Por supuesto, no pensaba
recortarle las alas. Bastante escabechina le había hecho ya a la pobre la noche anterior.

Luego cogí otro trozo de carbón para repasar
las plumas que se le habían descolorido, pero
entonces recordé que, por Carnavales –aunque me quedara en casa porque la bruja no
me dejaba ir a las fiestas del pueblo–, yo me
disfrazaba y a veces me pintaba la cara con un
corcho ennegrecido al fuego.

Y eso fue lo que utilicé esta vez, sin que la urraca pareciese sentirse molesta o mostrara signos de impaciencia.

Desde luego, era mucho mejor. Quedaba negro-negro.

Cuando terminé de retocarla se me ocurrió una idea.

Naturalmente, sentía una infinita preocupación al pensar en lo que pasaría cuando la bruja le pidiese a la urraca pronunciar los hechizos mágicos. Seguramente allí se acabaría aquella aventura, y de manera trágica.

Pero primero se suponía que tenía que ser amaestrada, es decir, que tenía que aprender a hablar.

Y no sabía si eso tardaría mucho...

—¡Abuela! –la llamé desde abajo.

Ella se asomó a la ventana:

—¿Qué tripa se te ha roto ahora? ¿Le has recortado ya las alas?

—Sí, abuela. Pero se me ha ocurrido que podría enseñarle yo a hablar. Parece que se ha hecho muy amiga mía.

La urraca colaboró con mi idea gritando en ese momento:

—¡Adeeela!

Cúrcuma estaba muy impresionada, se le notaba.

—Bueno, a ver qué tal se te da –concedió–. Normalmente se tarda bastante. Si fueses capaz de hacerlo en unos días sería genial. Increíble, vamos. Pero lo dudo muchísimo, con lo torpe que eres.

Fue una alegría tremenda.

Tenía permiso para estar con la urraca todo el tiempo que me dejasen libre mis otras ocupaciones, que eran muchas: limpiar, lavar la ropa, hacer la comida...

Y fueron unos días maravillosos, porque siempre que tenía un rato me iba al campo con *Lisístrata* (ya la llamaba así yo también) y nos lo pasábamos de miedo jugando.

7

Espiando a la bruja

CUANDO consideré que ya había pasado un tiempo prudencial, antes de que Cúrcuma se enfadase, decidí que debía despedirme de aquellas «vacaciones» y entregarle la urraca.

—Abuela, ya está amaestrada la corneja –le dije a la bruja una mañana–. Habla estupendamente.

—Bruja-buena –dijo la urraca para demostrarlo, siempre imitando la voz de las cornejas.

A la vieja le dejó un poco mosqueada la presentación.

—¿Bruja buena? De eso nada, guapa. Cúrcuma, bruja mala. Malísima. Pero ¿tú qué le has enseñado a esta, Adela? ¡Pues empezamos bien...! Bueno, trae acá. La llevaré arriba, a ver qué tal se le da lo de los conjuros.

Cúrcuma la quería agarrar otra vez por el cuerpo. Pero yo ya estaba preparada para eso.

—Abuela, no te lo he dicho, pero a esta corneja no le gusta nada que la toquen. Se enfada y te pica en la mano. Sin embargo, si pones el dedo, ella se posa en él y la llevas donde quieras.

Cúrcuma me miró arrugando las cejas, como si la hubiese desafiado.

—Dedo. Dedo –repitió *Lisístrata*.

—Ya empezamos con las manías. Pues no sé si la habrás amaestrado bien, porque me parece a mí que es muy señorita esta corneja. Y eso de que me pique en la mano... Ya se lo pensará dos veces antes de hacerlo.

Pero al final probó a extender el dedo índice y, en efecto, *Lisístrata* se posó mansamente en él.

—Hum... –rezongó la vieja, en el fondo satisfecha–. Bueno, tú sigue con tus tareas, Adela. Voy a hacer dos o tres embrujos que tengo muy atrasados. A ver qué tal. Como no funcione, ya puedes prepararte para ir buscando otra, y esta que se quede para la merienda del gato.

Y se fueron para arriba.

Yo me quedé preocupadísima, pero, desde luego, no estaba dispuesta a perderme el espectáculo. Podía suceder cualquier cosa y yo tenía que estar al tanto.

Lo cierto era que conocía un sitio desde el que podía ver lo que ocurría en el laboratorio de la bruja, solo que era muy peligroso. Estaba en su dormitorio.

No tuve que pensármelo mucho: o me decidía ahora, o nunca. Así pues, subí sigilosamente la escalera de madera –saltándome el cuarto peldaño, que sabía que crujía– y, después de asegurarme de que la bruja estaba ocupada con sus potingues, crucé por delante del laboratorio, abierto, como siempre, y me planté en dos zancadas junto a la puerta de su habitación.

Estaba tan nerviosa que parecía que el corazón se me iba a saltar del pecho. El problema era que ella dejaba siempre cerrada la puerta de su cuarto, y que la maldita chirriaba al abrirla. Y también que no podía estar mucho tiempo allí parada, porque si la bruja se movía un poco hacia la izquierda, podía descubrirme en cualquier momento.

¿Qué hice? Pues muy sencillo. Agarré el picaporte, lo giré con mucho cuidado y, cuando el pestillo ya estaba libre, abrí la puerta con toda mi fuerza y a la máxima velocidad que pude. Así apenas chirrió y, en todo caso, el sonido fue tan instantáneo y tan agudo que casi no se oyó nada. Para cerrar hice la misma operación, tras comprobar que la bruja no se había enterado.

Una vez dentro de su dormitorio, con la puerta cerrada, solo tenía que coger una silla, pegarla a la pared y subirme a ella. A la izquierda del armario había una especie de tapiz del año de la Tana que representaba a un pavo real con la cola desplegada. Pues bien: aunque yo nunca había mirado por ahí, sabía que en la parte de arriba debía de haber algún agujero para ver lo que ocurría en el laboratorio.

Varias veces la había visto a ella, a Cúrcuma, subida a una silla y espiando. En realidad yo creo que lo hacía casi siempre que tenía un cliente nuevo. Entraba con él en el laboratorio y, enseguida, con cualquier excusa, le dejaba solo. Se venía para acá y le observaba. Un día vio a uno que se puso a hurgar en sus cosas y le echó de la casa a gritos. Era tan desconfiada...

El caso fue que cogí una especie de sillón que la vieja tenía siempre lleno de ropa y, después de vaciarlo sobre la cama, me subí en él. Vi los agujeros, que coincidían con dos plumas de pavo real, pero estaban demasiado arriba. Claro, Cúrcuma era bastante más alta que yo.

Bueno, ya que había empezado a meterme en problemas, no iba a abandonar a la mitad. Busqué por todas partes y descubrí un par de librotes bien gordos en la mesilla. Pensé que era justo lo que necesitaba y los llevé al sillón para llegar más alto.

La cuestión era que no resultaba fácil subirse allí porque, ponía un pie y, con los muelles del sillón, aquello no paraba de zarandearse. Al final, me decidí a subirme con los dos pies al mismo tiempo y... a punto estuve de darme un buen morrazo, con el consiguiente estrépito. Me tuve que agarrar como pude a la pared hasta que mis pies se estabilizaron. ¡Ufff...!

Parecía que por fin iba a poder mirar por los agujeritos. Me asomé a ellos y...

Sí, allí estaban. Las veía perfectamente: a la urraca disfrazada de corneja sobre la mesa, y a Cúrcuma quemando unas hierbas en un pebetero.

Pero... ¡qué fastidio! El problema era que no se oía nada. Y eso era justamente lo más importante. ¡Pues vaya!

No era plan de desmoralizarse, así que bajé enseguida de mi puesto de observación, coloqué todo como estaba y volví a salir y a dejar la puerta cerrada utilizando el método anterior.

Estaba donde había empezado, es decir, en el peor sitio. Y, además, aunque la puerta del laboratorio estuviese abierta, desde allí tampoco se oía apenas nada. Así que tomé una decisión heroica.

A gatas, me acerqué hasta la puerta, me asomé un poquito y, en un momento determinado, me colé en el laboratorio a toda velocidad y me escondí debajo de la gran mesa donde se hacían los maleficios.

La bruja no me vio porque estaba muy atareada contando gotas de una pócima y vertiéndolas en una redoma, pero *Lisístrata* sí. La muy canalla, siempre tan bromista, dijo:

—¡Adeeela! ¡Adeeela travieeesa!

—¿Qué dices tú de Adela, vamos a ver? —saltó la bruja—. Mira, concéntrate en el hechizo que estamos haciendo y deja ya de parlotear, que como no salga bien, te mando a la cazuela.

—¡Cazuela no! —graznó *Lisístrata*.

—Bien, ya veo que vas comprendiendo.

Yo estaba muy nerviosa, pero satisfecha. Solo veía los pies de la bruja, que se movían de acá para allá.

¿En qué consistiría el hechizo?

¿Qué era lo que tenía que conseguir con él la bruja?

8

Dos conjuros

TUVE suerte, pues, como si quisiera responder mi pregunta, Cúrcuma lo contó todo en ese momento, y en voz alta:

—Vamos a ver. Por este conjuro yo te pido, ¡oh, Belial!, ¡oh, Belcebú!, que a Cristina, la hija del panadero, le salgan unos horribles granos en la cara y, si puede ser, pústulas, ampollas y viruelas por todo el cuerpo, para que Rubén, el cartero, la deje por fea y vuelva a querer a mi cliente, Rosita. ¡Por Urania, por Euterpe, por Melpomene, por Calíope, mis cuatro musas, *Deferens Caput et Caudam Draconis in Luna...!*

Y ahí se detuvo, enfadada.

—¡Vamos, pajarraco, que ahora te toca terminar el conjuro a ti! ¿No me oyes? Repito: ¡... *Deferens Caput et Caudam Draconis in Luna...!* ¡Rápido, di la palabra mágica!

Yo estaba asustadísima, porque *Lisístrata* parecía que no sabía qué hacer ni qué decir, y la vieja se estaba poniendo cada vez más histérica.

—¿Eres estúpida o qué? Se están pasando los efectos del brebaje y tú sin abrir el pico. Por última vez, *Lisístrata*: ¡... *Deferens Caput et Caudam Draconis in Luna...!*

Hubo un nuevo silencio, que me pareció larguísimo, como si el tiempo se hubiese parado y la sangre se me hubiese congelado en las venas. Y, de repente, la urraca chilló:

—*¡Benéficus conjuctio!*

—*¿Benéficus? ¿Benéficus?* ¿Estás segura, *Lisístrata?* ¿No será *maléficus?* –se extrañó Cúrcuma.

—*¡Benéficus-benéficus-benéficus...!* –insistió la urraca.

—Bueno, está bien, está bien, te haré caso. Pero ¡ay de ti como te hayas equivocado! Vamos allá: *¡Deferens Caput et Caudam Draconis in Luna... Benéficus conjuctio!*

Al fin pude respirar allí, debajo de la mesa. Parecía que *Lisístrata* había pasado la primera prueba... por el momento.

—Bueno, pues ahora –continuó la vieja–, vamos a aprovechar para hacer otro maleficio que tenía que haber terminado ya hace diez días. ¡Si es que voy muy retrasada, porras!

—Chac-chac –graznó la urraca.

—Hay que añadirle a este bebedizo un poco de vómito de lagarto, unas gotitas de *ketchup,* este pellizco de polvo de cáscara de huevo de avestruz... Y ya está. Ahora se calienta todo al baño María... Bien... Pues vamos allá... Por este conjuro yo te pido, ¡oh, Satán!, ¡oh, Leviatán!, que los campos de trigo de don Faustino el de la Engracia se sequen, se pudran, se agosten, se marchiten... Y que de ello se alegre mi cliente, Fulgencio *el Cojo,* que así lo desea porque le tiene mucha envidia. ¡Por Urania, por Euterpe, por Melpomene, por Calíope, mis cuatro musas, *Percipier, nulli dicta vel acta prius...!*

Esta vez *Lisístrata* no se hizo mucho de rogar:

—¡*Colirium tremens!* –exclamó.

No sé qué cara puso la bruja porque no la veía, pero, aunque no le debió de sonar muy bien, esta vez no discutió con *Lisístrata.*

—En fin, seguiremos confiando: ¡*Percipier, nulli dicta vel acta prius... Colirium tremens!*

—Vale –dijo la urraca.

La bruja suspiró:

—Bueno, por esta mañana ya hemos trabajado bastante. Me voy a echar un rato, que estoy cansada. Esta tarde seguiremos. Vete pensando, corneja *Lisístrata,* en las fórmulas mágicas para otros dos encantamientos. El primero será para conseguir que el equipo de fútbol de don Anselmo, el peluquero, pierda todos los partidos. Me lo ha pedido su mejor amigo, el farmacéutico. Y me ha pagado una buena pasta por adelantado, así que no podemos fallar. Como siempre.

—*Okey* –dijo la urraca, cada vez más chula.

—Y el segundo es de un niño que ha venido a pedirme que a una compañera suya la suspendan en Química y en Matemáticas, porque le tiene mucha rabia. Nunca había tenido un cliente tan joven, pero me gusta que empiecen a tener malas ideas desde muy pequeñitos, je, je, je... Me conviene. Ya lo creo que me conviene... Je, je, je...

Ahora comprenderéis, queridos lectores, por qué odiaba yo tanto a la bruja, y por qué me había jurado a mí misma que nunca sería como ella.

—Así que, hasta la tarde, *Lisístrata*. Le diré a Adela que te dé de comer, que tú también has trabajado bastante.

—Vale –repitió la urraca.

De nuevo me entró el pánico. Ahora se pondría a llamarme como una loca y...

En efecto, enseguida se asomó a la puerta del laboratorio y, a gritos, como siempre, empezó:

—¡Adela! ¡Sube ahora mismo! ¡Adelaaaa...!

Estaba acostumbrada a que respondiese enseguida. Si no, se enfadaba. Y yo, claro, no podía contestar estando escondida debajo de la mesa de su propio laboratorio.

—¡Esta niña estúpida! Como no esté, se la va a cargar. Ya lo creo que se la va a cargar. ¡Adelaaaaa...!

De nuevo la urraca me echó una mano.

—¡*Guaaj!* –graznó como una corneja. Y desde debajo de la mesa vi que, dando unos torpes brincos, se ponía junto a la ventana.

—Ah, tienes razón –dijo la bruja–. A lo mejor está en el jardín –y abrió la ventana para llamarme.

—¡Adelaaaa!

Yo, naturalmente, aproveché la ocasión para salir de mi escondite y plantarme en el umbral de la puerta, como si acabase de llegar.

—Dígame, abuela. ¿Quería algo?

Había puesto la cara de la mejor niña del mundo.

—Ah, estás aquí. Menos mal, porque ya estaba empezando a enfadarme. Te he dicho mil veces que me contestes enseguida cuando te llame. ¿Me oyes?

—Sí, abuela.

—Pues, hala, bájate a *Lisístrata* para que le dé un poco el aire y dale algo de comer, que esta tarde tenemos más trabajo. Yo me voy a echar en la cama un ratito.

Fui a acercarme a la ventana para que la urraca se posase en mi mano, pero la bruja me detuvo con muy malas pulgas.

—¡Quieta ahí! ¿Eres boba o qué? ¿No te he dicho que, hasta que no seas mayor y no pases las pruebas que te ponga, no puedes entrar aquí bajo ningún concepto?

—Sí, abuela.

—Pues entonces. Ni se te vuelva a ocurrir.

Ella misma puso el dedo para que *Lisístrata* se posase en él y, acercándose hasta la puerta, me la pasó.

Si se hubiese enterado de que había estado presente en sus dos últimos hechizos, me habría convertido en una hormiga, por lo menos.

Total, que nos bajamos al jardín mientras la vieja se metía en su habitación. Esperaba que no descubriese que había estado trasteando en ella. No oí sus gritos llamándome como una loca, así que respiré tranquila.

—Ufff... –dije, ya a solas con ella–. ¿Te ha ido bien?

—*Okey* –dijo lacónicamente *Lisístrata*.

—Pues yo he pasado mucho miedo.

La urraca me miró, no dijo nada y de repente echó a volar.

—¡Bruja-buena! –graznó desde lo alto.

—¡Eh...! ¿Adónde vas?

—¡Chac-chac-chac! –chilló como única respuesta. Debía de tener ganas de cantar como una verdadera urraca, después de llevar tanto tiempo pasando por una corneja. Y se largó volando.

—Pero... se supone que tú no puedes volar. Que tienes las alas recortadas... –dije yo, aunque ya no había nadie que pudiera oírme.

Me quedé pensando. ¿Por qué había dicho, y en dos ocasiones diferentes, «bruja-buena», con lo mala que era la bruja Cúrcuma?

9

La batalla

DURANTE unos días, las cosas marcharon estupendamente en la casa. La bruja y la urraca hacían su trabajo, y yo me dedicaba a mis tareas. Había una relativa paz.

Lisístrata pasaba algunos ratos conmigo, y otros, cuando Cúrcuma no la necesitaba y no podía verla, se iba por ahí a dar una vuelta y a estirar las alas. Realmente era muy lista.

El que peor lo llevaba era el gato, *Parménides.* Tan digno y, a veces, tan travieso, siempre había sido el rey de la casa, pero desde la llegada de *Lisístrata,* las cosas habían cambiado. No se sabe por qué, pero a la urraca le gustaba divertirse a su costa, y no había día que no le gastase alguna broma pesada. Le daba unos sustos de muerte, o le obligaba a esconderse debajo de los muebles. Vamos, que le encantaba meterse con él, chincharle.

He de decir que, aunque la bruja no me dejase tener libros en casa, ni iba al colegio, yo sabía apañármelas para leer. En el pueblo había una pequeña biblioteca pública y, siempre que podía, me escapaba para pasar allí un rato.

Eran los momentos más agradables de la semana, pues la bibliotecaria, Marta, me tenía mucho cariño (a pesar de que yo era «la nieta» de la bruja) y me recomendaba unos libros de aventuras estupendos. También podía llevármelos a casa, aunque a escondidas, claro.

El caso es que, como me había hecho muy amiga de la urraca, le pedí a Marta que me dejara algún libro que hablase de pájaros. Tardó un par de días, porque no lo tenían en la biblioteca del pueblo, pero al final me lo consiguió. Y así me enteré de cosas muy curiosas no solo sobre las urracas, sino sobre muchas otras aves.

El libro contaba, por ejemplo, que a las urracas también les encanta sacar de quicio a los burros y a las mulas. Se posan encima de ellos y les picotean la espalda hasta que se ponen nerviosos y echan a correr. No se sabe muy bien por qué. Supongo que por divertirse, por hacerlos de rabiar.

También decía el libro –aunque eso no me había hecho falta leerlo porque lo sabía de sobra– que aprenden a hablar con facilidad y que pueden imitar el canto de muchos otros pájaros. Que son muy listas incluso para las matemáticas y que saben contar.

Sin embargo, con lo inteligentes que son, en muchas ocasiones, sin saberlo, también crían el polluelo de un pájaro muy listo y muy perezoso llamado cuco, y de otro que se llama críalo.

El cuco hembra, por ejemplo, consigue colarse sin ser visto en su nido (y en el de otros pájaros), y poner rápidamente un huevo al lado de los que ya ha puesto la urraca. La urraca no se da cuenta de que ese huevo no es suyo y, cuando se rompe el cascarón, alimenta al polluelo igual que a los que son sus verdaderos hijos. El problema es que la cría del cuco es tan «cuca», ya me entendéis, que a veces rompe el cascarón un poco antes de que salgan los otros y, recién nacido y todo, tiene la malicia y la habilidad de sacar a los restantes huevos del nido a empujones. Y eso sí que es un problema, porque acaba con los polluelos.

Bueno, y había muchas cosas más que contaba el libro.

Antes iba diciendo que hubo unos días de paz en la casa. Fueron estupendos, la verdad, pero duraron bien poco. De repente, la presencia de *Lisístrata* trajo una enorme cantidad de problemas.

En primer lugar (cuando todavía no había estallado el conflicto más gordo, que vino después), *Ouroboros*, la corneja, apareció por sorpresa para intentar recuperar su sitio.

Una mañana, cuando Cúrcuma y *Lisístrata* estaban en plena faena en el laboratorio, *Ouroboros* y otra corneja entraron por la ventana como un rayo y se lanzaron directamente sobre la impostora, o sea, sobre la urraca disfrazada.

Como supondréis, yo no estaba presente, pero me enteré enseguida porque el ruido del desbarajuste que se montó llegó hasta la cocina.

Subí las escaleras corriendo y me encontré con la pelea más impresionante que haya visto en mi vida. La bruja, asustada, se había escondido debajo de la mesa (como yo aquel día) mientras las dos cornejas revoloteaban sin parar por toda la habitación persiguiendo a *Lisístrata* y ella se defendía dando terribles saltos y montando una algarabía de mil demonios.

No sé si era más escandaloso el ruido de los graznidos de las cornejas y de los terribles chillidos de la urraca, o los saltos y el batir de alas con que recorrían de un lado a otro el laboratorio, derribando a su paso botellas, frascos y tubos de ensayo.

A pesar de que las cornejas eran un poco más grandes que *Lisístrata,* y de que eran dos contra una, ella se defendía como una loba.

Yo estaba realmente asustada, no os creáis, y por eso me quedé fuera de la habitación, sin atreverme a ayudar a *Lisístrata.* Aquello era una batalla en toda regla.

Afortunadamente, no le hizo falta mi ayuda.

Al cabo de unos minutos, que parecieron no acabar nunca, las dos atacantes salieron huyendo por la ventana dejando el laboratorio medio destrozado y un montón de plumas flotando en medio de un silencio impresionante.

—¿Era *Ouroboros?* –gritó la bruja, tras salir a gatas de su escondite nada más terminar la pelea.

—No, abuela –dije yo, por si acaso, mientras me acercaba a ver si *Lisístrata* había quedado malherida–. Era una pareja de cornejas desconocidas que seguro que ya no vuelven más por aquí. *Lisístrata* les ha dado una buena lección.

—¡Maldita *Ouroboros!* –exclamó la vieja, que no se dejaba engañar tan fácilmente–. ¡Claro que era ella, la muy canalla! ¡Primero se va sin decir ni pío y luego viene a intentar recuperar su puesto! ¡Como vuelva a aparecer, me traes corriendo la escopeta!

Aparte del enfado de Cúrcuma por los destrozos del laboratorio, que le duró todo el día, no pasó nada más.

Le puse un poco de mercromina y una tirita a *Lisístrata* en una pata, que la tenía herida, y la estuve tranquilizando y cuidando, porque estaba muy cansada. Además, tuve que retocarle el «maquillaje» de nuevo, porque empezaban a clarearse algunas plumas blancas.

Luego me tocó limpiar el estropicio, pero no me importó.

Me sentía contenta y orgullosa de mi amiga.

10

Un terrible final

TODO lo anterior no fue nada, comparado con lo que ocurrió dos días después. Un desastre.

Yo no sé si es que se confabularon todos los clientes o surgió así por casualidad, pero el caso es que un viernes por la mañana, lo recuerdo perfectamente, llegaron en tropel a la casa: Fulgencio *el Cojo;* don Joaquín, el farmacéutico; Rosita, la que había sido novia de Rubén, el cartero; un chaval llamado Marianín; don Antón, el director del colegio, y una viejuca de un pueblo de al lado que vendía lotería por los bares y a la que todo el mundo llamaba *la Curra.* Y cómo venían... ¡Hechos una furia!

Yo creo que hubiesen derribado la puerta si tardo un poco más en abrirles.

—¿Dónde está tu abuela? ¡Vamos, dile que baje inmediatamente, que queremos hablar con ella! –el que llevaba la voz cantante era Fulgencio *el Cojo.*

Yo, en principio, me puse un poco gallita.

—En primer lugar, no es mi abuela, y después...

—¿Qué sucede? ¿Qué alboroto es este? –Cúrcuma bajaba la escalera con los pelos revueltos. Se acababa de despertar, seguro.

—¿Cómo que qué sucede? –saltó Rosita, que era quien parecía la más acalorada–. ¡Que como no nos devuelvas ahora mismo el dinero que te hemos pagado, vamos a denunciarte a la guardia civil...!

—¡Y al obispo! –terció el boticario...

—¡Y a la Asociación de Consumidores! –bramó don Antón.

—¡Y a la Santa Inquisición, para que te quemen en la hoguera! –añadió *la Curra,* y todos se quedaron mirándola, extrañados. ¿En qué siglo vivía la viejuca?

—¡Bueno..., pues si no, te vamos a quemar la casa, con vosotras dentro! –gritó el niño, que era más malo que la peste. Yo ya le conocía, y nunca me había caído bien.

En realidad, todos los clientes de Cúrcuma me parecían siempre gente horrible. Vengativos, envidiosos, amargados... Y nunca quería tener trato con ellos.

Cúrcuma estaba espantada. Debía de pensar que todavía no había salido del mundo de los sueños, que aquello era una pesadilla. No sabía si bajar a la cocina o ir a esconderse en algún sitio.

—Pero... ¿qué ha sucedido? Contadme, por favor...

—¿Cómo que qué ha sucedido? –rugió Rosita. La pobre estaba llena de ojeras y tenía la cara descompuesta–. ¿Es que no te has enterado de que mi novio, el cartero, ha anunciado su boda para dentro de quince días con esa tal Cristina, la hija del panadero? ¿Y qué es lo que yo había venido a *contratar* aquí contigo, vamos a ver? ¡Que le saliesen granos por toda la cara! ¡Granos, pústulas y forúnculos pestilentes! ¡Pues mírala ahora! ¡Está más sana que una manzana!

—¡Y más guapa que nunca! –añadió don Antón.

—¡Tú cállate, bocazas, que a ti te gusta hasta el palo de una escoba! –le cortó la chica.

—Bueno, vamos a ver... –Cúrcuma tartamudeaba y no sabía qué hacer–. Ya os dije que, a veces... A veces los efectos del mal de ojo tardan un poco en presentarse...

—¿Cómo que tardan un poco? –gruñó Fulgencio *el Cojo*–. ¿Y para cuándo quieres dejarlo? Yo quería que se secasen los trigales de don Faustino, el de la Engracia, y míralos. ¡Nunca ha tenido una cosecha mejor! ¡Todo el que pasa cerca de su finca se queda alucinado de lo hermosas que están las espigas! ¡Vamos, de concurso!

—Y yo, ¿qué? –intervino el niño, a punto de echarse a llorar–. Le había pagado a usted todos mis ahorros, que además eran para comprarme una bicicleta, porque quería que a Conchita Jiménez la suspendiesen en Química y en Matemáticas... ¡Y ha sacado matrícula de honor en las dos...!

—Ejem... Pues... No sé qué puede haber pasado... –Cúrcuma se había ido acercando a la puerta del jardín, dispuesta a salir corriendo de un momento a otro.

—¡Vamos, bruja, devuélvenos el dinero ahora mismo! –dijo el boticario, que se había colocado hábilmente detrás de ella para que no pudiese escapar.

—Pero ¿y tú...? ¿Qué ha pasado con el Dépor?

—¿Cómo que qué ha pasado? ¡Que en vez de perder todos los partidos que le quedaban, ha ganado la liga! ¿Te parece poco, bruja asquerosa?

—¡*Lisístrata!* –bramó de repente Cúrcuma, como si acabase de caer en la cuenta–. ¡Ha sido *Lisístrata!* ¡Eso es! ¡Esa maldita corneja! ¡Adela, ven aquí inmediatamente!

Me eché a temblar. En efecto, seguro que la culpa había sido de *Lisístrata,* ahora lo comprendía todo. No tenía ni idea de hacer maleficios. Así que, en lugar de obedecer, me fui escabullendo, sin decir nada, hacia la puerta de la calle. La verdad es que, en el fondo, me alegraba de lo que estaba pasando. Aunque las consecuencias para mí podían ser terribles...

—Mire usted, *señora...* –dijo Rosita con mucho retintín–: A nosotros nos importa un rábano quién haya tenido la culpa, si *Lisístrata,* Copérnico o san Cucufato. Usted nos devuelve el dinero y se acabó. Y dé gracias a que no le quememos la casa, como dice Marianín, o a que no la denunciemos para que la churrusquen en la hoguera, como dice aquí, *la Curra*. Que todos hemos salido perdiendo mucho y, según la ley, podríamos pedirle daños y perjuicios. ¿Se entera?

—Pero si yo... Yo ya no tengo el dinero... Yo soy una pobre mujer que nunca ha salido de la miseria y...

—¡Vamos, vamos! –le apretó las tuercas don Antón–. Seguro que tiene usted un montón de billetes escondidos debajo de alguna baldosa.

—¡Es cierto! ¡Venga, vamos a registrar la casa! –propuso *el Cojo*.

Y, sin pensárselo dos veces, se lanzaron como buitres a revolverlo todo, sacaron todos los cajones, buscaron en el piso de arriba, levantaron los colchones...

No encontraron dinero, si es que había, que yo imagino que no, pero se llevaron todo lo que pudiese tener algún valor y destrozaron todo lo demás, de pura rabia.

Cuando se fueron, allí quedó la bruja, triste y desconsolada, en medio del desbarajuste.

Yo la miraba desde el umbral de la puerta, preparada para salir corriendo a la menor señal de peligro, pero durante un buen rato no dijo ni una palabra ni hizo nada más que seguir allí sentada, en medio de la cocina. Parecía totalmente hundida, como nunca la había visto.

El tiempo pasaba y ella no se movía. Ni siquiera me regañó o hizo intención de ir a echarle las cuentas a *Lisístrata,* a la que, por cierto, tampoco vi aparecer por ninguna parte. El panorama era desolador.

A mediodía, yo ya había arreglado algo la cocina y había hecho un poco de arroz con patatas.

—Abuela..., ¿no quiere comer? –pero ni siquiera me respondió.

Por primera vez, sentí pena de ella. Estaba como ida, completamente derrotada.

—Venga, abuela, coma algo, que si no, se va a poner enferma –insistí.

Nada. Ni una palabra.

La conduje a su habitación, y ella se dejó llevar. La metí en la cama y allí se quedó, mirando al infinito. Pensé en avisar al médico, pero preferí esperar a ver si, poco a poco, se recuperaba.

Pasaron dos días y no hubo cambios.

La casa parecía una tumba, sin sus gritos y sus carreras de acá para allá. Y sin *Lisístrata*, que desapareció como por ensalmo, sin dejar rastro.

Durante el fin de semana, yo me dediqué a limpiar y a ordenar todo como mejor pude, pero el desastre ya estaba hecho. Parecía que había pasado por la casa una manada de elefantes.

Me sentí muy sola y muy triste. Me daba cuenta de que, en el fondo, le tenía cariño a la vieja, fuese o no mi abuela, fuese una mala persona o no.

Así somos los humanos: tomamos cariño incluso a aquellos que nos tratan mal.

Y también echaba de menos a *Lisístrata,* la única amiga que había tenido en mi vida, aunque fuese un pájaro.

Lisístrata, la sabia

EL lunes por la mañana, después de intentar que la abuela se tomase un colacao, que rechazó sin decir una palabra, me vestí para ir a avisar al médico. Pero, justo cuando iba a salir, llamaron a la puerta. Me asusté, porque era muy temprano, y por lo que había pasado tres días antes. ¿Todavía quedaba alguien que quisiera vengarse?

Abrí la puerta lo justo para asomar la cabeza.

Delante de mí había dos señoras y un señor a los que no había visto en mi vida.

—¿Doña Cúrcuma, por favor? –dijo una de ellas.

—¿Qué desean?

—¿Es tu abuela, querida?

—Sí.

—Bueno, verás, es que me han contado que es una señora que hace milagros, y quería solicitar sus servicios. Tengo un sobrino que no estudia nada y...

—¿Y usted? –le dije al caballero.

—Pues sí, yo vengo más o menos a lo mismo –contestó él–. Soy de otra provincia y quería solicitar ayuda a doña Cúrcuma para que mi sobrino pueda aprobar unas oposiciones. El pobre se mata a estudiar, pero nada. Y tal vez con una ayudita mágica...

—Yo también quería... –comenzó a decir la tercera.

—Un momento, por favor. Pasen. No sé si podrá atenderles ahora, pero...

Mientras decía esto vi que otras dos personas se bajaban de un coche y abrían la cancela del jardín.

Entré corriendo en la casa, subí las escaleras de tres en tres y me planté delante de la cama de la abuela en menos que canta un gallo.

—¡Abuela! –exclamé, radiante–. ¡Tiene un montón de clientes abajo, esperándola!

La vieja me miró espantada. De hecho, agarró las sábanas y se cubrió la cabeza, como si quisiera esconderse. Estaba temblando.

—Diles que me he ido muy lejos. O que me he muerto. Y avisa a la policía.

—¡No, abuela! ¡No vienen a protestar! ¡Son clientes nuevos, que quieren que los atienda!

Cúrcuma asomó la nariz.

—¿Cómo? ¿Clientes que vienen a que eche un mal de ojo? –se quedó un rato pensando–. No, diles que no. Que se busquen a otra. Yo me he retirado. No quiero volver a tener tratos con esa gentuza. He estado pensando mucho estos días, y lo dejo. Me retiro de bruja. Lo siento, mi niña; ya encontraremos algo para salir adelante.

Le había dejado hablar porque presentía algo. Intuía que todo lo que había pasado podía haber producido algún cambio en su mente. Pero cuando la oí decir aquello, me entró una alegría tan grande que no puedo ni describirla.

Me eché en sus brazos, llorando.

—¡Pobre Adela mía! Me he dado cuenta de que siempre te he tratado muy mal –dijo mientras me acariciaba los cabellos–. Y de que si uno ayuda a otro a hacer el mal, se vuelve tan malo como él. Pero te aseguro que todo va a cambiar a partir de ahora. ¿De qué viviremos? No lo sé. Hay que confiar en el futuro.

—¿Sabes una cosa, abuela? –dije incorporándome y secándome las lágrimas–. La gente que está esperándote abajo no viene a que les ayudes a hacer ningún maleficio. Al revés. Se ha corrido la voz de que haces milagros, y te has hecho famosa.

—¿De veras? ¿Y cómo ha sido posible eso?

—¿No te das cuenta de que todos los hechizos que has hecho últimamente te han salido al revés? Has conseguido que la gente sea más feliz, más guapa, más rica...

—¡Es cierto! –dijo la abuela, tras reflexionar un momento–. Todo lo que he hecho ha sido bueno..., benéfico...

De repente, se levantó de la cama de un salto.

—¡*Lisístrata!* –exclamó–. ¡Ha sido todo gracias a ella!

—¡Eso es, abuela!

—¿Dónde está? ¿Dónde se ha metido? ¡Tengo que darle las gracias!

Yo bajé la cabeza, triste:

—No sé. Desapareció hace días.

—¡Ve a buscarla! ¡Corre! ¡Tienes que encontrar como sea a esa maravillosa corneja!

Iba a lanzarme inmediatamente escaleras abajo, pero me detuve:

—Bueno... Antes tengo que decirte una cosa...

—¿Qué es?

—Que no es una corneja, abuela. Es una... urraca disfrazada de corneja...

Cúrcuma se quedó extrañada. No entendía nada.

—Bueno..., ¡pues lo que sea! ¡Corre a buscarla!

Salí como una exhalación, bajé al trote las escaleras y casi me estampé contra uno de los clientes. Ahora había más. La cocina estaba repleta, y vi que fuera, en el jardín, había una cola de gente esperando.

—Perdonen –les dije casi sin detenerme–. Tendrán que esperar, no sabemos cuánto. ¡Se nos ha perdido la urraca mágica!

—No importa. Esperaremos lo que haga falta –oí que decía alguien cuando yo ya salía por la puerta, a todo correr.

—¡Lisístrata! ¡Lisístrataaaaa!

¿Por dónde empezar a buscarla?

De pronto tuve una corazonada y me fui a la parte de atrás del jardín. ¡Estaba allí! Parecía que escarbaba algo con el pico en la tierra.

Aunque seguía con la cola recortada, se le había caído completamente la carbonilla y mostraba su bello plumaje blanco por el vientre y en el extremo de las alas, así como sus preciosos reflejos tornasolados.

—¡Lisístrata, no te has ido!

La urraca levantó el vuelo y vino a posarse en mi mano.

—Bruja-buena –graznó.

Yo me eché a reír, loca de alegría. Ahora lo entendía todo. Ella, Lisístrata, sabía perfectamente, desde el principio, lo que hacía.

—¿Te quedarás con nosotras para hacer brujerías buenas?

—¡Chac-chac-chac-chac...! –chilló.

—¡Hurraaaaa...!

Epílogo

SÍ fue como empezó una nueva vida para nosotras.

Comenzamos a tener muchísimos clientes, y no han dejado de llegar desde entonces.

Y siempre para hacer el bien.

Lisístrata se quedó a vivir en el jardín, que, arreglado, quedó precioso. Su hermosa cola creció de nuevo y volvió a ser, ya para todos, una urraca.

Cuando llegó el mes de marzo encontró pareja e hizo su nido allí, en un seto.

Era un nido grande, como una gran bola hueca hecha de barro y de ramitas, o sea, con su techo y todo.

Tuvo cinco polluelos preciosos, y seguro que, cuando crezcan, conocerán también las palabras mágicas para los conjuros benéficos.

El único problema que me ha dado es que, de vez en cuando, y como conozco su escondite bajo tierra, tengo que ir a ver qué cosas ha robado en el pueblo.

Como a todas las urracas, le encantan los objetos brillantes, y a veces tengo que robarle yo a mi vez algún anillo o algún pendiente de su pequeño tesoro.

Se cuela por las ventanas de las casas y se lleva las cosas que más le atraen. Yo, para que no haya líos, las llevo al cuartelillo de la guardia civil y digo que me las he encontrado en la calle.

Con respecto a la abuela, he de decir que es cierto que ser malos nos hace más feos. Porque, a partir de ese día, Cúrcuma se fue poniendo mucho más guapa. Se le cayeron las verrugas de la cara, la piel se le ha puesto más tersa y ahora tiene una mirada limpia.

Es una viejecita encantadora. Y muy cariñosa con todos.

Por mi parte, he aceptado ser la ayudante de Cúrcuma, que, además, un día confesó ser mi abuela, la madre de mi madre.

Me dice que tengo muchas dotes para ser una estupenda bruja buena, y que eso es una cosa que se transmite de abuelas a nietas.

Yo, de todas formas, he empezado a estudiar medicina naturista por correspondencia. Siempre es bueno tener un título, por si acaso. ¿No creéis?

Fin

alta mar

Taller de lectura

Mi abuela la bruja

En el libro que acabas de leer has conocido a unos personajes sorprendentes:

- Una bruja mala que desconocía lo fácil que era hacer conjuros buenos.

- Una niña sin familia que descubre a la abuela más cariñosa del mundo.

- Una urraca mágica disfrazada de corneja.

A lo largo de este *Taller de lectura* encontrarás estos símbolos «mágicos»:

Si tomas nota de las palabras que se encuentran subrayadas al lado de cada uno de estos símbolos, podrás completar el conjuro pacífico de la última página del *Taller.*

¡Abracadabra, pon mucha atención y no te distraigas!

1.1. ¿Conoces algún libro en ♥ <u>el</u> que aparezca una bruja? Escribe su título:

....

....

1.2. ¿Crees que la historia que has leído puede ocurrir en la realidad? ¿Por qué?

....

....

1.3. El autor dedica su libro a una persona «que va ◆ <u>para</u> bruja buena». Si tú regalases este libro a un amigo o amiga, ¿qué dedicatoria escribirías?

Para ....

....

....

1.4. ¿Dónde viven las protagonistas ■ de este cuento? Señala con una cruz:

☐ En una casa a las afueras de un pueblo.

☐ En una gran ciudad.

☐ En una casa en el centro del pueblo.

1.5. ¿Quién cuenta el cuento? Subraya la respuesta correcta:

- La abuela.
- La nieta.
- La urraca.
- El gato.
- La corneja.

1.6. Algunos cuentos suelen llevar al final una moraleja. De estas tres frases, di cuál crees que podría emplearse como moraleja de esta historia.

- Tomamos cariño incluso a aquellos que nos tratan mal.

- Ser malos nos hace más feos.

- Hacer el ✿ bien y ayudar a los demás no cuesta tanto.

A lo largo del libro se presentan diferentes acontecimientos. Gracias a ellos, su lectura toma interés y se va construyendo la historia. Ordénalos numerándolos del 1 al 9:

Unos clientes nuevos visitan la casa al enterarse de que Cúrcuma hace milagros.

Adela vive en una casa con una bruja, un gato y una corneja.

La corneja y Adela pelean y el pájaro huye herido.

Los clientes se quejan muy enfadados porque los conjuros no han funcionado.

Lisístrata, la urraca disfrazada, convierte los conjuros malos en conjuros buenos.

Cúrcuma tiene muchísimos clientes y todos viven muy contentos.

La corneja *Ouroboros* vuelve a ● la casa y pelea con *Lisístrata*.

Adela encuentra una urraca y la disfraza de corneja.

La abuela se pone triste y no quiere salir de la cama.

1.8. Escribe una V (verdadera) o una F (falsa) al lado de cada una de estas afirmaciones:

- Todo el mundo quería mucho a Cúrcuma. ☐

- Las cornejas conocen las palabras mágicas. ☐

- Adela solo tenía una amiga: la urraca. ☐

- Adela disfrazó a la urraca con tinta negra. ☐

- Adela iba a la universidad. ☐

- El gato *Parménides* quiere que Cúrcuma ○ reine en el pueblo. ☐

- Los clientes de Cúrcuma eran buenas personas. ☐

1.9. Adela, en cuanto podía, se escapaba a la biblioteca, y gracias a los libros aprendió muchas cosas sobre ☺ las urracas. Escribe dos que recuerdes:

....

....

....

....

¿Vas a la biblioteca en alguna ocasión?

....

¿Qué tipo de libros sueles leer o consultar allí?

....

....

....

....

....

Para buscar algo ♪ en una biblioteca hay que seguir unos pasos. Ordénalos:

Buscar en el fichero o el ordenador la sigla del libro.

Entregar la ficha al bibliotecario.

Localizar el libro.

Conocer el título o el autor.

Rellenar la ficha.

2.1. ¿Quién es quién? Une mediante flechas el nombre de cada personaje con el papel ♪ que representa en el cuento:

Cúrcuma	bibliotecaria
Adela	urraca
Lisístrata	director de colegio
Rosita	corneja
Marta	nieta
don Antón	abuela
Ouroboros	cliente

2.2. Imagina que ★ toda tu clase representa una obra de teatro con este cuento.

- ¿Qué personaje te gustaría ser? ¿Por qué?

....

....

....

- ¿Cuál no te gustaría representar? ¿Por qué?

....

....

Las relaciones entre los personajes del libro son muy diferentes. Unas son de ♠ <u>amistad</u>, y otras de todo lo contrario. Escribe una B (bien) o una M (mal) dependiendo de cómo se lleven las siguientes parejas de personajes:

Adela-*Lisístrata*

Lisístrata-Ouroboros

Adela-*Ouroboros*

Adela-Cúrcuma

Cúrcuma-*Ouroboros*

Cúrcuma-*Lisístrata*

Parménides-Lisístrata

Subraya los trabajos que realiza Adela en casa de Cúrcuma:

- Cortar leña.
- Buscar hierbas.
- Pelar patatas.
- Hacer conjuros.
- Ir al colegio.
- Lavar la ropa.
- Hacer la comida.
- Limpiar.

2.5. ¿Crees que el trabajo está bien repartido en la casa de Cúrcuma? ¿T Por qué?

....

....

....

2.6. ¿Cómo se reparten las labores en tu casa? Escribe en las casillas superiores los nombres de los miembros que componen tu familia □ y señala con una cruz las personas que realizan cada una de las tareas:

Comprar			
Lavar			
Cocinar			
Limpiar			
Hacer la cama			
Cuidar niños			
Limpiar coche			
Sacar basura			
Planchar			
...			

3.1. En todas las culturas han existido palabras que se han considerado «mágicas», como ☹ «abracadabra». Fíjate en cómo colocaban sus letras antiguamente:

ABRACADABRA
ABRACADABR
ABRACADAB
ABRACADA
ABRACAD
ABRACA
ABRAC
ABRA
ABR
AB
A

Observa este triángulo mágico y contesta:

- ¿Cuántas veces se repite la letra R?

....

- ¿Qué letra se repite en más ocasiones?

....

- ¿Cuántas veces se puede leer entera toda la palabra?

....

3.2. Cúrcuma dice sus conjuros en latín. Como nuestro idioma tiene su origen en esta lengua, no te resultará difícil localizar el significado de estas cinco palabras en latín en la sopa de letras:

caput

colirium

draconis

benéficus

maléficus

C	A	B	E	Z	A	F	D
O	I	R	I	L	O	C	R
K	Ñ	N	Y	R	E	V	A
B	G	R	T	H	N	A	G
M	A	L	E	F	I	C	O
E	A	X	C	U	J	K	N
Q	F	U	Y	Ñ	P	O	J
B	E	N	E	F	I	C	O

¿Cuál es el significado correcto de estas tres palabras? Subráyalo y después comprueba tu respuesta en el diccionario:

redoma	Botella de cristal, frasco.
	Domar dos veces.

pebetero	Periódico mensual de brujas.
	Vaso para quemar perfumes.

algarabía	Gritos de personas que hablan a la vez.
	▲ <u>Tierra</u> muy húmeda.

Completa con vocales los ingredientes que emplea Cúrcuma en sus potingues:

... ñ ... s d ... m ... r c ... ... l ... g ...

b r ... z n ... s d ... n ... d ... s d ...
g ... l ... n d r ... n ...

c ... l ... s d ... l ... g ... r t ... j ...

Si Cúrcuma hubiese anunciado sus conjuros maléficos en el periódico, seguramente este sería el resultado:

BRUJA MALA

Hechizos maléficos
y conjuros peores.
Mal de ojo.
Si quiere hacer el mal,
no deje de llamar.
CÚRCUMA

Escribe tú ahora un anuncio parecido, pero con conjuros benéficos:

BRUJA ....……

....

....

....

....

....

....

Para descifrar este maléfico ▼ <u>conjuro</u> de Cúrcuma, copia las palabras siguiendo el orden de los números:

1.
i

4.
por

10.
mis

7.
Melpomene,

13.
Deferens

20.
!

2.
Por

14.
Caput

5.
Euterpe,

15.
et

19.
Luna...

11.
cuatro

16.
Caudam

3.
Urania,

8.
por

18.
in

9.
Calíope,

12.
musas,

17.
Draconis

6.
por

....

....

....

....

3.7. Cuando Cúrcuma descubre por ♣ <u>fin</u> que puede emplear sus poderes para hacer el bien, cambian muchas cosas en las vidas de los habitantes de la casa.

Vuelve a copiar las frases cambiando las palabras en cursiva:

● La bruja Cúrcuma hace conjuros *maléficos*.

....

● El jardín estaba muy *descuidado*.

....

● Cúrcuma es una mujer *fea y vieja*.

....

● La urraca que encontró Adela tiene la cola *recortada*.

....

....

● Adela *no* estudia *nada*.

....

4.1. Imagina que te dan la oportunidad de ser brujo o bruja por un día, y que puedes realizar todos los conjuros que te apetezcan. ¿Qué tipo de conjuro realizarías?

- Maléfico   - Benéfico

Elige tres de las palabras que aparecen a continuación para formular tu conjuro.

- Cosquillas

- ☆ <u>Guerras</u>

- Pellizcos

- Aviones de papel

- Canicas

- Chicles

- Petardos

- Tirachinas

- Alegría

- Chistes

¿A qué personas te gustaría hacerles unos conjuros buenos? Di sus nombres.

4.2. Cúrcuma utilizaba ingredientes poco «saludables» para sus potingues. Elige tú unos un poco más «sanos» para elaborar una receta mágica:

abrazos

besos

◇ <u>paz</u>

sonrisas

cariño

felicidad

amor

diversión

ayuda

RECETA MÁGICA

Medio kilo de ....

Cinco ....

Dos litros de ....

Una cucharada de ....

Veinte gotas de ....

Se mezcla todo bien y se toma en compañía de los mejores amigos y amigas.

Si colocas en el lugar correcto las palabras que has encontrado al lado de los símbolos mágicos, podrás leer un maravilloso conjuro...

☹ ....

▼ ....

⊤ ¡........ ♥ ....☼................,

● .... ♠............................

□ .... ♥ .... ♣ ....

■ .... ☺ .... ☆ ....,

◆ .... ♪ .... ○ ....

● ....◇.........................

♪ .... ★ .... ● .... ▲ ....!

Firma: ....

(NOTA: Si alguno de tus hechizos benéficos no funciona, consulta a Cúrcuma –que ahora siempre está de buen humor– o a Adela, que, a estas alturas, se habrá convertido en la mejor de las brujas buenas. Hacer el bien no es tan difícil. ¡Hasta la próxima!)

Índice

Otros libros de cuentos
¡SOS, salvad al ratoncito Pérez! Eduardo Galán
Colección Altamar, n.° 95

A Moncho se le ha caído otro diente, pero esta vez el ratoncito Pérez no acude a la cita; ni esa noche, ni la siguiente... El mensaje del ratón Álex, su paje, es alarmante: ¡SOS, salvad al ratoncito Pérez! El malvado gato Cabello Nevado ha vuelto a hacer de las suyas y el ratoncito Pérez es ahora su prisionero... ¿Quién recogerá entonces los dientes de los niños? ¿Ya no habrá más regalos bajo la almohada? La situación es desesperada... ¡Hay que rescatar al ratoncito Pérez, cueste lo que cueste!

Otros libros de aventuras
MNA. Elvira Menéndez
Colección Altamar, n.° 94

Pablo intentaba dormir y de pronto apareció MNA, una nube anaranjada, o sea, un fantasma. MNA se metió en el cuerpo de Pablo, volaron en busca de mermelada de naranja amarga... y juntos vivieron un montón de entretenidas aventuras.